D1529699

Nino
Puzle

Directora de la colección: Mª José Gómez-Navarro

Coordinación editorial: Juan Nieto

Dirección de arte: Departamento de imagen y diseño GELV

Séptima edición: marzo 2008

Traducción: Frank Schleper

Título original: *The Case of the Detective in Disguise*
Publicado por primera vez por Scholastic Inc.
© Del texto: James Preller
© De las ilustraciones: Peter Nieländer
© De esta edición: Editorial Luis Vives, 2004
  Carretera de Madrid, km. 315,700
  50012 Zaragoza
  teléfono: 913 344 883
  www.edelvives.es

ISBN: 978-84-263-5486-0
Depósito legal: Z. 711-08

Talleres Gráficos Edelvives (50012 Zaragoza)
Certificados ISO 9001
Printed in Spain

Nino Puzle

El detective disfrazado

James Preller

Ilustraciones:
Peter Nieländer

❖ EDELVIVES

*Para Dawn Adelman,
Milaa Barbo y Bonnie Cutler.
Os agradezco el esfuerzo,
la habilidad y el compromiso,
sin los que me habría sido
imposible escribir este libro.*

Índice

1. Un detective sin caso

Estábamos en diciembre. Llevaba todo el invierno sin nevar. Eso era raro, desde luego.

Porque un invierno sin nieve es como un detective sin caso. Pero ahora que lo pienso: en realidad, en aquel momento yo era un detective sin caso. Mi hucha estaba vacía. Me había quedado sin blanca.

Mi socia Mila y yo estábamos sentados en la oficina del sótano. Ya me había bebido tres vasos de mosto cuando, de repente, Mila se levantó:

—No podemos pasarnos todo el día sentados sin hacer nada —exclamó con decisión.

Se acercó a nuestro escondite detrás de la lavadora y sacó una caja de cartón. Tenía pegado una etiqueta en la que ponía:

¡NO METAS LAS MANOS!
¡ME REFIERO A TI!

Mila vació la caja en el suelo. Habíamos conseguido reunir una buena colección de accesorios de detective: lupas, un manual para descifrar mensajes secretos, *walkie-talkies* y un juego para tomar huellas dactilares. Además, teníamos varios libros sobre el trabajo del detective y un montón de cosas para disfrazarnos y pasar desapercibidos: pelucas, ropa y maquillaje.

—Vaya, me acuerdo de esto —gritó Mila encantada mientras se probaba una peluca verde.

Solté una carcajada.

Durante media hora, nos pusimos un disfraz tras otro. Algunos molaban mogollón. Me puse un sombrero de copa, agarré un aro muy grande y me transformé en un domador de leones. Jugué a que *Trapo,* mi perro, era un león. Intenté hacerle saltar por un aro de

¡NO METAS LAS MANOS! ¡ME REFIERO A TI!

fuego, pero no tuve ningún éxito. En vez de eso, *Trapo* no dejó de morderlo. ¡Menuda fiera!

Mila se puso una camiseta del Barça y empezó a jugar con un balón.

—Soy Ronaldinha —gritó riéndose.

En ese momento bajó mi madre por la escalera con la cesta de la colada.

—¡Qué graciosos! Veo que estáis jugando a los disfraces.

—¡MAMÁ! —protesté—. No estamos jugando, estamos trabajando. Tú sabes bien que los detectives deben disfrazarse para no llamar la atención.

Mi madre se pasó la mano por el pelo.

—Antes de que se me olvide —dijo—. La semana que viene trabajo de voluntaria en el hospital infantil. Así que tendrás que ir a casa de Miguel y María después del cole.

—Vale —contesté en un murmullo.

Miguel y María son unos amigos de mis padres de toda la vida y tienen una pastelería cerca del colegio. Se llama El Pastel Nuestro de Cada Día. Suena bien, ¿verdad?

Me gustaba mucho ir allí, pero al mismo tiempo me daba vergüenza que mis padres siguieran pensando que todavía necesitaba a alguien que cuidase de mí.

De repente, tuve una idea estupenda.

—A la pastelería va un montón de gente —dije a Mila—. Podríamos colgar un cartel ofreciéndonos como detectives. Seguro que nos sale algún caso.

—Buena idea, Puzle —asintió.

Buscamos una cartulina grande y unos rotuladores de colores, y nos pusimos manos a la obra. Mila se encargó de la letra y yo hice el dibujo.

—¿Qué te parece? —pregunté cuando había terminado.

—¡Qué guay, Puzle! —dijo medio silbando—. Sólo una cosa. ¿Tengo realmente una nariz tan grande?

2. Mi compañero de quinto

El lunes, a las 9:14, aún estaba intentando mantener los ojos abiertos. Me moría de sueño. Mila y yo íbamos a entrar en el cole cuando oí mi nombre.

—¡Ey, Puzle, píllalo!

Me di la vuelta y vi que un balón de fútbol volaba hacia mí. En ese momento me convertí en portero y lo paré sin ningún problema.

Ramón se acercó a nosotros con una amplia sonrisa en los labios.

—A ver, ¿qué os parece mi nuevo esférico? Tiene los autógrafos de toda la selección.

—¡Cómo mola! —dijo Mila entusiasmada—. ¿Está el de Xavi?

—Claro que sí, están todos —afirmó Ramón, muy orgulloso—. ¿Tú eres Mila, verdad? Puzle me ha hablado de vuestro trabajo de detective. Me llamo Ramón.

—Hola, —respondió Mila tímidamente—. ¿Me dejas ver el balón?

—Desde luego —contestó—. Me lo ha comprado mi padre por Internet. Hoy cumplo once años. Lo he traído para enseñárselo a mi profe.

Ramón es mi compañero de quinto curso. En nuestro colegio todos los que estamos en tercero tenemos un «compañero» de quinto. Solemos juntarnos para hacer trabajos especiales. He tenido mucha suerte con Ramón. Es casi como tener otro hermano mayor, pero sin los problemas que te suelen dar los hermanos de verdad.

—¿Habéis atrapado a algún ladrón últimamente? —preguntó Ramón.

Saqué de la mochila el cartel que Mila y yo habíamos dibujado el día anterior para enseñárselo a Ramón.

—Para serte sincero, el negocio no va muy bien —admití—. A ver si con esto cambian las cosas.

Ramón estaba leyendo el cartel cuando se acercó su vecino Iván.

—¿Qué tal, Ramón? —saludó.

—Hola, Iván —contestó Ramón sin apartar los ojos de la cartulina.

—Te vi ayer jugando al fútbol —dijo Iván.

—Ahora no me distraigas. Estoy leyendo.

Iván miró el cartel.

—¡Buah! —dijo al final mostrando su desprecio—. ¡Vaya chorrada! Ahora parece que cualquiera puede convertirse en detective. Además, no te llamas Nino Puzle, te llamas Paulino.

—Quién fue a hablar. Tú nunca has tenido que resolver ningún caso —contestó Ramón mirando con enfado a Iván.

Iván enmudeció y bajó la vista al suelo.

—No os preocupéis. Seguro que os sale algún trabajo —dijo Ramón devolviéndome el cartel—. Bueno, me tengo que ir, no vaya a perderme el partido.

Puso el balón debajo de su brazo y salió corriendo.

—Hasta luego, Ramón —dijo Iván—. Nos vemos.

Pero Ramón ya se había marchado.

3. El Pastel Nuestro de Cada Día

Después de clase, en vez de volver en el autobús, como siempre, regresé andando. Y es que no iba a casa, sino que me dirigía a El Pastel Nuestro de Cada Día, que estaba muy cerca del cole.

Me sentía menos afortunado que un gato en un túnel de lavado de coches. Mi hermano Jaime, que trabajaba en una gasolinera al salir de clase, ya no necesitaba que nadie le cuidara. A Dani y Fernando tampoco y, además, iban a quedarse toda la semana en casa de su amigo Óscar. Ana, mi hermana, era la única que se podía quedar sola en casa porque decían que era una «adolescente responsable». ¡Seguro!

Claro, yo era el más pequeño. El «nene».
Por eso pensaban que no podía dejarme solo.
No era que no me gustaran Miguel y María,
pero estaba harto de que mis padres me man-
daran siempre allí.

Antes de entrar, vi a través del cristal a
Miguel, que me saludaba.

—¿Qué pasa, coleguilla? —dijo levantando
el brazo—. Choca esos cinco.

Di un salto para alcanzar su mano.

Luego la bajó a la altura de la cadera.

—Chócalos otra vez —dijo.

Cuando lo iba a hacer, Miguel la retiró rápidamente.

—Demasiado lento —añadió, riéndose.

—¡Otra vez! —le pedí.

Esta vez yo iba a ser más rápido. «¡Plaf!»

—¡Ay! —se quejó Miguel y se frotó la mano—. ¡Qué dolor! Te estás haciendo un chico fuerte.

Sonreí. Era difícil estar triste al lado de Miguel. María me saludó con un abrazo.

—Qué alegría verte, Puzle —dijo—. Esta semana lo pasaremos en grande.

El trabajo de un detective es muy parecido al de un científico: debe entrenarse para observar. Así que siempre intento fijarme en las cosas pequeñas, en los mínimos detalles. Miré a mi alrededor con el ojo metódico de un profesional.

A la izquierda, había un mostrador alargado de vidrio con varias clases de pan, los bollos, los pasteles y la caja registradora. Detrás, estaban el congelador para los helados y el frigorífico para los refrescos. A la derecha, había unas mesas pequeñas con sillas de plástico. Eso era todo.

Llegaron unos clientes.

—Quédate con Puzle —dijo Miguel a María—. Voy a ver qué quieren.

Miguel se metió detrás del mostrador. Solía charlar con los clientes y decir algo gracioso. Caía bien a todo el mundo. Según él, era por ser bajito y calvo. ¡Vaya tío!

María es rubia y tiene los ojos verdes como el trigo verde.

—¿Te pasa algo? —preguntó—. Estás muy callado.

—Bueno —traté de ser sincero—, me gusta venir aquí pero... es que... estoy harto de que me traten como a un bebé. Todos mis hermanos pueden hacer lo que les da la gana. Y yo no.

—No te preocupes, Puzle —intentó consolarme María mientras se mordía el labio—. Lo pasaremos bien. Ya verás.

Saqué el cartel de la mochila.

—¿Te importa que cuelgue esto? Es para nuestro trabajo de detective.

—Claro que no —contestó María leyéndo-lo—. Oye, igual nos viene bien que estés por aquí esta semana. Últimamente tenemos pro-blemas. Creo que voy a tener que llamar a la policía.

4. Los robos de las magdalenas

—¡¿A la policía?! —pregunté intrigado con un tono de voz un poco alto.

Varios clientes volvieron la cabeza. Reconocí a algunos de mis compañeros del colegio. Estaban, de mi clase, Pedro, Inma y Lucía; y también Paula y Diego, *El Serpiente*. Parecía que todo el mundo pasaba por la pastelería de Miguel y María a comprarse la merienda. Los bollos de chocolate de María tenían muy buena fama.

—¡Shhh! —susurró María—. Luego te cuento. Ahora tengo que trabajar.

Pasé el rato dando una vuelta por el barrio. Detrás de la pastelería, vi a un grupo de chicos merodeando al lado de los contenedores de basura. Tendrían unos doce años. Parece que merodear y no hacer nada es la especialidad de todos los adolescentes. Lo apunté en mi diario de detective. Yo sabía qué significaba la palabra «adolescente»:

Cuando volví a la pastelería ya no quedaban clientes. La hora punta después de clase había terminado. María señaló el cartel colgado en la pared.

—Voy a contratar a Puzle —dijo a Miguel.

Miguel murmuró algo, refunfuñando, pero antes de poder decir nada María sacó un billete de cinco euros de la caja y lo puso sobre la mesa.

—¡Gris! —dije sorprendido—. Mi color preferido.

—Será tuyo —me prometió María—, si pillas al ladrón de las magdalenas rellenas gigantes.

Apunté lo siguiente en mi diario de detective:

Clientes:
MIGUEL Y MARÍA

Robo de
Magdalenas

—¡Cuéntamelo todo! —pedí a María.

Ella señaló una bandeja de magdalenas que había sobre el mostrador.

—Desde hace más o menos una semana, todas las tardes desaparecen una o dos magdalenas.

—¿Estáis seguros?

—Cien por cien. Todos los días, cuando terminan las clases, se llena la pastelería de gente —explicó María—. Y después, cuando ya se han ido, me doy cuenta de que faltan magdalenas. Un día, incluso, no quedó ninguna. Eso no beneficia al negocio. Tengo miedo de perder clientes y que se vayan a El Horno de Joaquín, la otra pastelería que está cerca. Si los chicos no pueden comprar aquí magdalenas, las comprarán allí.

Asentí con la cabeza. Miguel parecía estar también preocupado. Pensé que si los chicos empezaban a ir a la otra pastelería, el negocio de Miguel y María podría irse a pique.

Con toda esta charla sobre comida me entró hambre.

—Creo que debería probar esas magdalenas. Puede que así averigüe algo.

Mordí una.

—El ladrón al que buscamos debe de ser una persona inteligente —expliqué—, porque estas magdalenas son una delicia. Sabrosas y blanditas.

De repente me di cuenta de que casi me la había comido entera.

—Necesito más pruebas —dije a María—. ¿Me das otra, por favor? ¿Puedo tomar también un mosto?

—¿El mosto te ayudará a encontrar más pistas?

—No. Es para la sed.

María soltó una carcajada. Me dio otra magdalena y me puso un vaso extragrande de mosto.

—¿No queréis acompañarme? —pregunté.

Miguel miró a María con ojos tristes. Ella negó con la cabeza.

—Estamos a régimen —dijo al final—. Nada de dulces.

—Queremos bajar peso —añadió Miguel frotándose su gran tripa.

—¿Sospecháis de alguien? —pregunté, volviendo al tema.

—No, de nadie —dijo Miguel—. Aquí viene mucha gente. El ladrón podría ser cualquiera.

Miguel miró el reloj. Se acercó a la entrada y dio la vuelta al letrero:

—Ya es hora de limpiar. Después te llevo a casa —añadió.

Mientras ayudaba a Miguel a barrer el suelo, estuve pensando en el caso. No iba a resultar nada fácil pillar al ladrón. Además, muchos de los chicos me conocían y sabían que yo era detective. Encima, el cartel con

mi cara estaba colgado en la pared. Seguro que ningún ladrón se atrevería a hacer una fechoría en presencia de un detective de primera. Tendría que investigar a escondidas. Pero eso no quería decir que fuese a esconderme detrás del frigorífico. No, tendría que disfrazarme.

Más tarde, apunté en mi diario:

EL CASO DEL DETECTIVE DISFRAZADO

Ahora la pregunta era, ¿qué disfraz debía elegir?

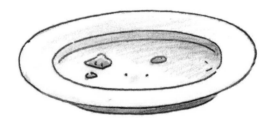

5. Mensaje en zigzag

El martes la seño Margarita nos hizo sudar a todos. No, no es que hubiera subido la calefacción; es que nos metió tantas cosas en la cabeza que la mía casi estalla. A primera hora, hicimos un experimento de meteorología. Tuvimos que convertirnos en verdaderos científicos y observar detenidamente lo que estaba ocurriendo. Los detectives también actuamos observando todo de la misma manera. Después de clase sabía más cosas sobre la lluvia, el granizo y la

nieve que nuestro cartero. Y, además, aprendimos también todo lo que se puede saber sobre los truenos y los relámpagos.

En la hora siguiente hablamos de derechos humanos y racismo. La seño Margarita leyó algunos artículos de la Declaración Universal de los Derechos Humanos. Luego preguntó cómo queríamos decorar los pasillos del colegio para la próxima semana.

—¿Por qué? —preguntó Rafa.

—Piénsalo, Rafa —contestó la seño—. ¿Qué podría quedar bien como decoración?

—¡Nuestros calzoncillos! —exclamó Rafa soltando una carcajada.

—Por favor —le llamó la atención la seño Margarita.

Sin embargo, todos reímos con él. Era inevitable.

«Calzoncillos» es una de esas palabras graciosas. En cuanto alguien la dice en clase, todos nos echamos a reír. Otra palabra irresistible es «apestoso». Y si se juntan las dos y uno dice «calzoncillos apestosos», entonces nos hacemos pis de risa.

—Chicos, silencio —continuó la seño—. ¿Qué se celebra la semana que viene?

—¡Yo lo sé! —exclamó Paqui—. El Día de la Declaración Universal de los Derechos Humanos.

—¡Eso es! —dijo la seño—. Y, para la ocasión, nuestro director ha encomendado una tarea especial a nuestra clase. Vamos a preparar un cartel para colgarlo en el vestíbulo.

La seño Margarita desenrolló un enorme rollo de papel en el que ponía:

—¿Puedo colorearlo? —pregunté después de alzar la mano.

—¡Yo también! —dijo rápidamente Pedro.

—¡No, mejor yo! —gritó Lucía.

—Tranquilidad, por favor —dijo riéndo la seño Margarita y tratando de apaciguar nuestro ánimo—. Todos tendréis la oportunidad de colorear una letra. Rafa, Soraya, Luismi y Susana, vosotros empezáis. Llevad el cartel y los lápices de colores al vestíbulo. Cuando hayáis terminado con vuestra letra, volvéis y elegís al turno siguiente. Todos los demás, sacad los cuadernos.

Antes de comenzar a hacer la tarea, escribí rápidamente un mensaje codificado a Mila.

SBSERIOIOERT
AELEMCDGSCEO

Este tipo de código se llama «zigzag». Consiste en escribir el texto en dos líneas, pero en vez de poner la segunda letra del mensaje, la **A**, a la derecha de la primera, la **S**, la escribí debajo. La tercera letra, la **B**, la puse otra vez en la primera línea, la cuarta en la segunda, etcétera. Para que resultara más difícil aún, no separé unas palabras de otras.

Pasé el mensaje a Mila. Unos segundos después, ella me sonrió y se pasó el dedo por la nariz. Ésta era nuestra señal secreta. Había entendido mi mensaje.

A la siguiente hora iban a venir a clase algunos compañeros de quinto. La seño Margarita mandaría, por otra parte, a la mitad de nosotros a la clase de los mayores, con el señor Alonso. Así no habría ningún problema de espacio.

Miré a los chicos y las chicas de quinto que entraron. Vi a Mohamed, Enrique, Tomás y Juanjo, *El Rata*. También estaban Paula, Bárbara, Li y Carmen, con sus risitas de siempre. Y, naturalmente, llegó también mi compañero, Ramón.

En cuanto lo vi supe que algo iba mal.

6. Una china en el zapato

Enseguida nos pusimos manos a la obra. Primero preparamos las cartulinas donde íbamos a escribir nuestros mensajes.

—Todo el colegio va a participar en la semana por los derechos humanos y contra el racismo —empezó a explicar la seño Margarita—. Ya sabéis que se celebra el Día Universal de los Derechos Humanos. Por eso, tenéis que escribir en las cartulinas mensajes acerca de lo que penséis que se puede hacer para transformar nuestro planeta en un mundo mejor para todos.

—¿Podemos escribir cualquier cosa? —preguntó Marta.

—Claro —dijo la seño—. Me gustaría que quedase reflejada vuestra idea de cómo pensáis que se puede hacer un mundo mejor. No olvidéis que hay cosas que está en vuestras manos mejorar. Debatid con los compañeros de quinto. Cuando tengáis claro el mensaje, escribidlo en la cartulina. Cada clase del colegio va a hacer lo mismo. Después, colgaremos todos los mensajes por los pasillos.

Tras hablar durante un buen rato entre nosotros, nos hicimos con una fantástica colección de ideas. En cada grupo de trabajo participamos casi todos. Yo, en realidad, no tenía muy claro que pudiera mejorar el mundo. Al fin y al cabo, soy sólo un detective y no Hércules.

Y, por otro lado, Ramón, mi compañero de actividades, desgraciadamente estaba demasiado triste como para ayudarnos en nada.

Esto es lo que escribieron los demás:

De mayor seré médica para ayudar a los enfermos
Marta
Plantaré flores en todas partes
José
Si me dan un puñetazo, no lo voy a devolver
Elena
Voy a defender a los indefensos
Pedro
CONSEGUIRÉ LA PAZ EN EL MUNDO HACIENDO AMIGOS EN TODAS PARTES
PAQUI

Cuando acabamos, intenté hacerle reír a Ramón poniendo caras graciosas. Le conté chistes. Incluso hice como que me caía de la silla. ¡Pero nada!

—¿Qué te pasa? —le pregunté al final.

—Me han robado el balón de los autógrafos —dijo Ramón.

—Mila y yo podemos recuperarlo —me ofrecí.

De repente, Iván me dio un empujón muy fuerte para ponerse en medio de nosotros dos y exclamó:

—Soy mejor detective que Puzle y voy a encontrar tu balón.

¡Dios mío! Aquí estaba Iván *Don Perfecto*. Desde que le conocí en la guardería, no ha dejado de ser para mí como una china en el zapato. Iván siempre ha intentado tomarme el pelo, pero nunca lo ha conseguido. En este momento me hubiera gustado saber qué es lo que estaba tramando.

—No os preocupéis, chicos —dijo Ramón con voz triste—. Mi balón ha desaparecido para siempre.

—No te rindas —le animé—. Te voy a ayudar y se va a hacer justicia.

—No le hagas caso —bufó Iván—. Yo te GARANTIZO que vas a recuperar el balón.

—¿Quién te ha pedido a ti nada, Iván? —gruñí.

—¡Tranquilos, chicos! —nos interrumpió Ramón—. Me da igual quién resuelva el caso. Lo importante es encontrar mi balón.

—¡Que gane el mejor detective! —dijo Iván mirándonos y sonriendo maliciosamente—. Es decir, ¡yo!

7. Gorra Roja

Después de clase, en vez de ir derecho a El Pastel Nuestro de Cada Día, decidí dar otra vuelta por el barrio. Detrás del edificio de la pastelería había un aparcamiento en el que cabían unos veinte coches. Un poco más allá, cruzaba una calle y había más casas. Como sospeché, al lado de los contenedores de basura vi a los mismos chicos que el día anterior. No se parecían en nada a un grupo de *boy scouts*. ¡Dios mío! ¡Adolescentes!

Intenté abrir la puerta de atrás de la pastelería. Nada. No se movía. Lo intenté de nuevo con más fuerza, pero la pesada puerta metálica no se abría. «¡Menos mal!», pensé. El ladrón no entraba por allí.

—Está siempre cerrada —oí que decía una voz.

Miré por encima de mi hombro. Un chico con una gorra roja estaba detrás de mí.

—¿Qué estás haciendo, enano? —me preguntó.

Le miré de abajo a arriba. Su cabeza llegaba mucho más arriba que la mía. Era un chico muy alto. Decidí esfumarme rápidamente, pero no pude. Gorra Roja me agarró por el hombro.

—Oye, te he hecho una pregunta —gruñó—. ¿Qué haces fisgoneando por aquí?

Gorra Roja me estaba estrujando el hombro. Me sentí como una naranja.

—Si pretendes sacarme zumo —dije—, no lo conseguirás.

Los oscuros ojos del chico parecían atravesarme. De repente, empezó a sonreír y me soltó.

—Piérdete. ¡Fuera de aquí!

Y eso fue lo que hice. Su compañía no era precisamente un placer.

Al llegar a la pastelería, había un montón de clientes. Entré, saludé con la mano a Miguel, y seguí andando. No quería que nadie se fijara en mí. Fui directamente al cuarto de atrás.

Cuando volví a salir cinco minutos más tarde, ni siquiera mi canario me habría reconocido. En realidad, yo no tenía ningún canario, pero eso daba igual. Lo importante era que ahora vestía una larga gabardina gris.

Me subí el cuello hacia arriba, me cubrí los ojos bajando el ala del sombrero y metí las manos en los bolsillos.

Una falsa barba me cubría la cara.

Vale, es posible que tuviera una pinta muy rara, pero nadie hubiera dicho que era un detective disfrazado. Me senté a una mesa dando la espalda al mostrador, y me puse las gafas de sol con retrovisores. Éstas son unas gafas normales, pero tienen en los cristales unos pequeños espejos para mirar hacia atrás. De este modo podía, mirando hacia el lado opuesto, observar lo que pasaba en el mostrador. Abrí un cómic e hice como si estuviese leyendo, pero en realidad no perdí de vista la bandeja de las magdalenas.

Durante una hora intenté observarlo todo sin perder detalle. Los clientes no dejaban de entrar. Mi plan era perfecto. El único problema fue que la barba me hacía sudar como un mamut dentro de un horno de pizza.

Miguel tenía razón. La clientela era de lo más variada. Sin embargo, los únicos que tocaban las magdalenas eran él y María.

Apunté cosas en mi diario de detective. Vi que Paula estaba aquí de nuevo. Compró una magdalena. Me llamó la atención.

De repente, me quedé helado.

—Vi merodear a un chico por la parte de atrás —contó a Miguel una voz conocida—. He pensado que deberías saberlo.

La voz era la de Gorra Roja.

8. De incógnito

Esa noche hablé por teléfono con Mila. Le conté que habían robado el balón de fútbol a Ramón.

—El problema es que no voy a poder salir de la pastelería en toda la semana —dije—. Tendrás que investigar tú sola. Intenta buscar testigos. Habla con los vecinos, con Iván y con Luismi. Pregúntales. Alguna pista podrás encontrar.

—Cuenta conmigo —respondió Mila—. ¿Qué tal con tu caso?

—No me preguntes.

—Ya te he preguntado.

«¡Lo que me faltaba!», pensé.

—Pues, nada bien —tuve que confesar—. Hoy robaron otras dos magdalenas. Delante de mis narices, pero no vi nada. La tienda se llena tanto que no se puede tener todo bajo control. Luego un adolescente con una gorra roja casi me machaca. Y por último, la barba me está produciendo sarpullido.

—¡Qué mala suerte!

—Tengo que preguntarte algo —dije—. ¿Qué sabes de Paula?

—No mucho. Está en quinto, en la clase del señor Alonso.

—¿Algo más?

—Bueno, sé que su padre se llama Joaquín y es el dueño de El Horno de Joaquín —con-

testó Mila—. Hace unos pasteles estupendos. Pero pregúntaselo mejor a Paula. La que debe de saber es ella.

—¡¿Que Joaquín es su padre?! —exclamé asombrado—. Entonces, ¿por qué va a El Pastel Nuestro de Cada Día a comprar magdalenas?

—¡Yo qué sé! —dijo Mila—. Le gustarán más las magdalenas que los pastelitos.

Apunté unas cuantas cosas más en el diario de detective. Escribí también el nombre de Paula y puse un círculo alrededor. ¿Podría ser ella la ladrona de las magdalenas? Me faltaban todavía las pruebas definitivas. Pero Mila tenía razón. Debía hablar urgentemente con Paula.

Al día siguiente se me ocurrió un disfraz aún mejor. Me puse un delantal y agarré una escoba. Tenía toda la pinta de ser el chico de la limpieza, pero en realidad hacía de guardaespaldas de las magdalenas.

Tenía que admitirlo. Cada vez me gustaba más estar en la pastelería. Y llegaba a olvidar que Miguel y María eran mis canguros. En realidad, eran muy graciosos. Les ponían apodos a todos los clientes.

A uno de ellos, por ejemplo, le llamaban señor *Magdalena Caliente*. Entraba todos los días a las cinco y media de la tarde y siempre pedía lo mismo: una magdalena que había que calentar en el microondas. A María la sacaba de quicio.

A la clienta preferida de Miguel la llamaban *La Amargada*. Era una señora delgada de cara tristona que siempre estaba quejándose de algo: del tiempo —por hacer frío—, del trabajo —por tener demasiado— o, incluso, de las magdalenas —por engordar.

—¿Qué hay del chico alto con la gorra roja? —pregunté.

—Ah, ése. Se llama Marco —respondió Miguel—. Un chico muy majo. Vive en una de las casas que dan al aparcamiento.

—Tendré que hablar con él —comenté—. No me fío de los adolescentes.

—¡Qué gracioso! Porque Marco tampoco se fía de ti. Entró ayer en la pastelería para decirme que había visto a un chico, que le resultaba sospechoso, tratando de abrir la puerta de atrás. Supongo que sólo pretende ser un buen vecino.

—Sí, supongo.

Me di cuenta de que en la pastelería pasaban siempre las mismas cosas. Había unas cuantas actividades que se repetían todos los días a la misma hora. Por ejemplo, lo de que Miguel sacase siempre las cajas de cartón vacías. Y que antes de ponerse a limpiar, al final de la tarde, nos sentáramos los tres a merendar. Miguel lo llamaba «nuestra hora de charlar».

Le gusta mogollón hablar. Incluso, era capaz de mantener una conversación él solo como si fuese entre varias personas. Y menos mal que lo hacía muy bien porque muchas veces María ni le escuchaba.

Miguel le dio un pequeño mordisco a la barra de muesli y luego la tiró a la basura.

—¡Qué asco! Me sabe a corteza —se que-jó—. Me estoy muriendo de hambre, María. Estoy harto del régimen. Prefiero estar gordo y feliz, a flaco y deprimido.

En ese momento entraron Iván y Luismi.

—¿Qué pasa, Paulino? —me preguntó burlón Iván—. ¿Ya has encontrado el balón de Ramón?

No me molesté en responder.

Iván soltó una carcajada como si ya conociera la respuesta.

—Me lo imaginaba, Paulino.

Me ponía furioso cada vez que me llamaba así y ellos lo sabían.

Compraron un par de batidos y se marcharon tan campantes.

El único momento en el que era capaz de soportar a Iván era cuando se alejaba de mí.

9. Una oveja, dos ovejas...

El jueves me dejé el bocadillo en casa. Por eso tuve que quedarme a comer en el cole: una hamburguesa con queso que tenía la pinta de ser un fósil del jurásico.

—Antes que eso comería un zapato viejo —me quejé.

De repente, Elena se dejó caer en el asiento de al lado. Eso significaba que me iba a contar el último chiste.

—Hola, Puzle —me saludó—. ¿Qué pez vive al lado de las vacas?

Me encogí de hombros.

—El bacalao —gritó Elena—. ¿Comprendes? ¡Vaca, lado!

Le dije que lo había captado.

En ese momento se sentó Mila enfrente de nosotros. Me sentí aliviado.

—¿Cómo va nuestro caso? —le pregunté.

Mila me contó todo: resultaba que Ramón se había olvidado el balón de fútbol delante de su casa por la noche y al día siguiente había desaparecido.

—¿Alguna pista?

—Ninguna —dijo Mila—. Sólo hay una cosa que me molesta. Cada vez que veo a Luismi, hace como que no tiene tiempo para hablar conmigo. Me parece que me está rehuyendo.

Luego yo le conté mi problema con las magdalenas.

—No tengo ni idea de quién puede ser el ladrón —confesé—. Los únicos que las tocan son Miguel y María.

—Mmh —dijo Mila.

Me quedé con las ganas de preguntarle a Mila qué significaba exactamente «mmh».

¿Era un «mmh» bueno o un «mmh» malo? Pero tenía más ganas aún de escapar de los chistes de Elena. Un chiste malo al día era más que suficiente.

Después de clase, me topé con Paula en la puerta. Le dije que la había visto en El Pastel Nuestro de Cada Día.

—¿Y qué? —contestó bostezando.

—Pues, me estaba preguntando que por qué comprabas una magdalena en la pastelería de Miguel y María. Es decir, si es que la pagabas...

—¿Cómo que si la pagaba...? —preguntó frunciendo el ceño.

Paula sabía perfectamente a lo que yo me refería.

—No la robo —exclamó con decisión—. Si te refieres a eso.

De repente, se relajó y suspiró.

—Mira, Puzle —dijo bajando la voz—. Si se lo cuentas a mi padre, me mata. Lo que pasa es que las magdalenas de María son una delicia. Prefiero gastarme el dinero en las suyas que comer gratis las de mi padre.

—Sabrosas y blanditas.

—Exactamente —me dio la razón Paula—. En comparación, las de mi padre saben a serrín. Por favor, no le digas a nadie lo que te acabo de contar.

—No he oído nada —prometí.

Y eso fue todo. Paula podría ser la ladrona o no. Mirándole a los ojos, sin embargo, más bien diría que era una persona honrada.

Esa misma tarde me volví a disfrazar. Observé a los clientes de Miguel y María que entraban y salían. Se vendieron dieciocho magdalenas. Al final de la tarde faltaban diecinueve. Una había desaparecido. Algo iba mal. Me faltaba una pieza del puzle. Y de repente, caí.

Me acordé de lo que le había contado a Mila: los únicos que tocaban las magdalenas eran Miguel y María.

Solía ser así, pero hoy no. María no había despachado en toda la tarde ninguna magdalena. Ni siquiera llegó a tocarlas. En ese preciso momento, Miguel salía a tirar la basura. Miré con mucha atención el reloj. Miguel tardó exactamente cuatro minutos y veintiséis segundos en volver. Lo apunté en mi diario de detective:

4 minutos, 26 segundos
Verificar

Decidí comprobarlo. Bajé al sótano y salí por la puerta de atrás. Me acerqué al contenedor y volví. Durante toda la operación, no dejé de contar: una oveja, dos ovejas, tres ovejas...

Tardé setenta y cuatro ovejas. Usé el diario para hacer el cálculo. Un minuto tenía sesenta ovejas.

$$74 - 60 = 14$$

Por lo tanto, yo había empleado solamente un minuto y catorce segundos. ¿Por qué había tardado muchísimo más Miguel en hacer el mismo recorrido?

Había llegado la hora de hacer las paces con Gorra Roja, es decir, con Marco. Al principio no sabía dónde estaba, pero luego lo descubrí asomado a una de las ventanas que dan al aparcamiento, en el segundo piso. Se me ocurrió una idea.

Le pedí que bajara un rato a charlar conmigo.

Resultó que Miguel tenía razón. Si lo conocías un poco más, Marco era un chico majo. Le conté que era detective y que estaba trabajando en un caso. Le hablé de los robos de las magdalenas. Le ofrecí un euro por su ayuda.

Marco dijo que lo haría gratis.

—Hasta mañana —me despedí.

—Descuida, detective López —me respondió guiñándome el ojo.

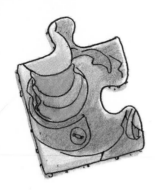

10. ¡Qué tiempo tan raro!

Al día siguiente, Mila y yo nos topamos con Iván en el autobús del cole. A su lado, al fondo, estaba Luismi. Parecían más felices que dos dentistas en una tienda de chuches.

Al llegar al colegio, Iván y Luismi se acercaron a nosotros corriendo.

—Esperad, chicos —gritó Iván.

—¿Qué pasa ahora? —gruñí.

Iván le hizo señales a Ramón, que se estaba acercando a la entrada.

—Ven, Ramón —dijo—. Enséñasela.

Ramón sonreía, feliz. Se quitó la mochila y sacó el famoso balón de fútbol.

—¡Cógelo! —me retó.

Se me cayó al suelo.

—¡Pobre Paulino! —Iván se mofó—. Parece que tenemos que buscar a un portero mejor. Menos mal que ya tenemos a un detective mejor.

Soltó una carcajada.

No dejó de reírse.

Era igual que cuando hablaba con Elena.

Yo no les veía la gracia.

—Despacito, Iván —interrumpió por fin Mila—. Hay algo que no me cuadra. ¿Cómo has encontrado el balón?

—Ha sido fácil —fanfarroneó Iván—. Luismi fue testigo de lo que pasó. Vio a los chicos que lo robaron.

—Vi todo desde mi ventana —nos confirmó Luismi.

Mila tenía razón. Ahí había algo raro que no cuadraba. Para nada. En realidad, Luismi no era mal chico, pero yo sabía que era capaz de hacer cualquier cosa que Iván le pidiera. No me fiaba ni de uno ni de otro.

Luismi contó que había visto a tres chicos mayores delante de casa de Ramón. Que cogieron el balón y lo escondieron entre unos arbustos. Dijo también que salió para ponerlo a salvo antes de que volviesen a llevárselo.

—Puede que haya sido así, pero ¿por qué tardaste tanto en devolver el balón?

Iván puso el brazo en el hombro a Luismi.

—El pobre estaba asustado —dijo Iván—. Esos tres chicos eran muy fuertes.

No se lo discutí.

—¿A qué hora pasó todo eso?

Luismi lanzó una mirada a Iván.

—No sé, tal vez, las ocho y media de la tarde, más o menos.

—Tendrás unos ojos de lince —dije—, para ver tantas cosas en la oscuridad.

—Había luna llena —intentó ayudar rápidamente Iván.

—De eso nada —le corrigió Mila—. El lunes el cielo estaba encapotado. ¿Os acordáis de lo mucho que llovió? Además, me he pasado por vuestra calle. Vi que la farola estaba estropeada.

Ahora hasta Ramón se había quedado intrigado.

—¿Por qué esos tres chicos no se llevaron directamente el balón? ¿Por qué lo escondieron para volver después? No lo entiendo.

Iván hizo un gesto despectivo con la mano, como si quisiera apartar una mosca molesta.

—Cuando lo encontraron, los tres ladrones vieron que se acercaban las luces de un coche —explicó—. Y decidieron esconderlo para recogerlo más tarde.

—Tu historia tiene más agujeros que un queso suizo —dije—. Lo que quiero saber es: ¿cómo consiguió Luismi ver en la oscuridad?

Todos los ojos se dirigieron a Luismi, quien tragó aire y se le trabó la lengua.

—Estaba le-le-leyendo —tartamudeó—. Y, bueno, creo que-que-que me quedé dormido, y de repente, me desperté porque había truenos. Miré por la ventana. Un relámpago iluminó el cielo. Y entonces vi a los tres chicos robando el balón.

—¡Qué tiempo tan raro! —comenté—. ¿Dices que te despertaste por un trueno, luego hubo un relámpago y, entonces, viste a los ladrones?

—¿Qué pasa contigo, Paulino? —exclamó Iván de mal humor—. ¿Hace falta que te lo explique a cámara lenta? Pues sí, oyó un trueno. Sí, miró por la ventana. Sí, hubo un relámpago. Y sí, vio a los ladrones. Caso cerrado. Misterio resuelto.

De repente, Mila se enfadó y le empujó a Iván con el dedo.

—Estáis mintiendo, chicos —dijo a Luismi y a Iván—. ¡Y os lo voy a demostrar!

11. La ayuda de los amigos

—Vámonos, Luismi —dijo Iván negando enérgicamente con la cabeza—. No aguanto esto.

—¡Alto! ¡Váis a quedaros aquí! —ordenó Ramón con voz amenazadora.

Iván y Luismi no se atrevieron a moverse.

—Sigue, Mila —dijo amablemente Ramón.

Mila cruzó los brazos delante del pecho:

—Hemos dado una clase de meteorología en el colegio —explicó a Ramón—. La seño Margarita nos habló de la luz y del sonido. La luz se mueve más rápido que el sonido. Por eso, Luismi, tu historia no cuadra. Has dicho que te despertaste por el trueno y que después viste el relámpago. Las tormentas no funcionan así. El relámpago siempre se ve antes de oír el trueno. Por eso sé que has mentido.

Iván se quedó con la boca cerrada. No parecía querer añadir nada más. Pero Luismi se quedó mirando hacia arriba, a la cara de Ramón, y se puso pálido como una sábana.

—La idea fue de Iván —confesó Luismi finalmente—. Quería fingir el robo para después resolver el caso y quedar como un héroe.

Las palabras le salían como un torrente. Luismi explicó todo. Él e Iván habían visto el balón en el suelo delante de la casa de Ramón y decidieron llevárselo «prestado».

—Iván estaba celoso —explicó a Ramón—. No le gustaba que te hicieras amigo de Puzle.

Ramón puso cara triste y movió la cabeza de un lado a otro. Luego extendió la mano.

—Devuélvemelo, Iván —ordenó.

Iván sacó del bolsillo un billete de cinco euros. Ramón se lo quitó de la mano y se lo entregó a Mila.

—Gracias, Mila —dijo Ramón—. Aquí tienes. Te lo mereces.

¡Primer caso resuelto! Quedaba el otro.

Nada más terminar las clases me fui corriendo a la pastelería. Me encontré con Marco en el aparcamiento y le presté uno de mis *walkie-tal-kie*. Todo estaba preparado. Marco subió a su habitación del segundo piso para esperar mi aviso.

Como todas las tardes, alrededor de las siete, Miguel fue a tirar la basura. En el momento que le vi salir, conecté el *walkie-talkie*.

—Ya está de camino —susurré.

—Te recibo alto y claro —respondió Marco—. Cambio y corto.

Miguel volvió unos cinco minutos más tarde.

Un rato después, Marco entró en la pastelería por la puerta de la calle. Me saludó con un guiño. Asentí con la cabeza. Juntos nos acercamos al mostrador.

—Acabamos de resolver el caso —dije a Miguel y María.

María arqueó las cejas con asombro.

Miguel se quedó boquiabierto.

—He tardado bastante —admití con la mirada clavada en Miguel—, porque jamás se me habría ocurrido que te robaras a ti mismo.

Quité a Miguel una miga de magdalena del cuello. Son siempre los pequeños detalles los que delatan a los ladrones.

—¡Menudo régimen, eh! —dije—. Todos los días metías una magdalena o dos en una de las cajas que ibas a tirar. Luego te ibas al contenedor y merendabas tranquilamente.

—Pe-pero... —tartamudeó Miguel.

—Marco lo ha visto todo —continué—. No lo niegues.

María no se enfadó nada. Ni siquiera parecía estar sorprendida. Simplemente se echó a reír.

Miguel intentó defenderse.

—María, cariño, cielito. No te lo tomes a mal. Todo el mundo sabe que tus magdalenas son las mejores del mundo. No conseguía refrenarme.

María cogió una de las magdalenas del plato y la mordió con ganas.

—No importa —dijo finalmente y le dio un gran abrazo a Miguel—. Al fin y al cabo, supongo que me gustan los hombres gorditos y felices. Se te acabó el régimen.

Unos minutos después llegó mi madre a recogerme. La historia del ladrón de magdalenas le encantó. Hacía mucho que no la había visto reír con tantas ganas.

—Nos tenemos que ir —dijo de repente—. Está empezando a nevar.

—¿Nevar? —grité, y me fui corriendo hacia la ventana.

Unos pocos copos de nieve bailaban en el aire. Ya había solucionado el problema.

Habíamos resuelto dos casos en un solo día. Además, había estrechado mi amistad con nada menos que un adolescente. Y había conseguido mejorar un poco nuestro mundo.

Del mismo modo que se completan los puzles.

Y del mismo modo que se resuelven los misterios.

Pieza por pieza.